U0135928

擲地有傷

◉楊瀅靜／著

聯合文叢
653

楊瀅靜
2019.11.24.

目錄

▼輯五　自己的房間

【推薦序】

在春天趕路的情與傷

——讀《擲地有傷》新詩集

童子賢（和碩科技董事長）

I

詩人楊瀅靜新詩集《擲地有傷》要出版前我有幸目睹初稿，我也再次品味詩人如牧歌悠揚似情歌惆悵的抒情詩：

如果趕路
春天就是件寂寞的事
好看的人
他們不會笑得風塵僕僕

隨意踩壞那些野花
……
想起最初的日子是有家可回的
那個春天什麼都有
而現在只剩下碎花寂寞的趕著路
——楊瀅靜〈在春天趕路是件寂寞的事〉

詩人瀅靜在吟唱春天獨自趕路的寂寞，但內斂而含蓄，寂寞在她筆尖下淡淡如鉛筆素描，耐人尋味而素雅寧靜。她總是禁止自己創造的春天有萬紫千紅，她怕過度的喧鬧。節制情緒不大肆渲染，這發自內心的創作態度，卻形成一種內斂纏綿有情婉約的風格。我喜愛她的主張：她總是自省「文字裡的感情會不會放得太多了？」

文如其人，過去二冊詩集與瀅靜為人處世態度一樣，一直在捕捉恬淡心境也存在的靈魂漩渦，在映射疏離感情中的澎湃鏡像。

但她也是能慧譎、愛深思、肯努力的詩人，善於捕捉眼神流轉間藏著的燈火闌珊，下筆泉湧時能暖送春風輕撫百花。她有步步燈謎與處處玄機的文字能力，卻簡約而自制，讓我們沈浸在她廣為人知的「懸浮」、「朦朧」藝術之中。

如今，這些我喜愛的詩作要出版成詩集，她幾年心血終能集結成冊，恭喜瀅靜。

2

作為讀者當然能感覺她的「朦朧」，她總讓心事隱藏在千迴百轉的光影中，但她也能輕輕捕捉文字的蝴蝶於翩翩飛舞之際，蝶翼輕而薄，她施力也介於有與無、可與不可之間，她是絕少直抒胸臆滿腔哀怨。

雖然如此，但瀅靜在這本新詩集中還是有許多勇敢轉身，去寫她內與外的「傷」和感觸，小至探索惆悵的離人之淚，大至憑悼天地宇宙與國族社會之「殤」：

他們像滴落於

平靜海面的兩滴雨水
清澈以後變鹹
……
歌還唱嗎
雨滴滴答答
玻璃碎屑擲地有傷
——楊瀅靜〈擲地有傷〉

還能如何更愛這個國家
世界是一台電視機
而我是壞的病的那台
自成一個世界
默劇演員的愛沒有言語
——楊瀅靜〈被迫而隱〉

詩中「平靜海面的兩滴雨水」、「默劇演員的愛沒有言語」，讀來並不「平靜」也不會「沒有言語」，詩所醞釀的平靜與默劇累積形成反差力量，在朗讀時悄悄轉成淚水，但這淚珠雖鹹而清澈，歌聲雖悲而節制，傑出詩藝鎖著她的「擲地有傷」。

3

楊瀅靜是勤快的詩人，這是我初認識她的印象。但相識久了我才知道她對文學創作的深情至愛，甚至曾飽含母性感情的說出：

我對於自薦枕席的文字詞語，給予承諾絕不負心，從靈體上賦予血肉，直至能夠生出詩來。

——楊瀅靜《很愛但不能》

聽到這句話，很難對她的文學獻身癡情不表示動容。

我知道文學創作這條路寂寞而艱辛，創作的路上許多人中途離去，許多人擱筆不寫了，相當令人感傷的：

不寫的聲音
像老去的幽靈
靜坐在月光中
於是有人把寫了的也焚掉

——溫瑞安《山河錄・破題》

而瀅靜端坐於月光之中一往情深創作不懈不焚詩稿，她於詩有衣帶漸寬終不悔的許諾與堅持。我首次理解她的癡情是有次我邀請她到我們的文學家紀錄片小團隊「目宿媒體」演講，題目是「邱妙津與她的文學創作」（楊瀅靜的碩士論文就是寫邱妙津），演講之後大家喝茶聊天，閒談中我才知道她為了能保有文學創作的自由時間，她推掉穩定固定的教職，以保留一半的時間給閱讀思考與創作。這讓她現實收入減半，這個抉擇並非一時衝動，而是既許諾給文學就讓生活簡單讓物慾降低的一種苦修，這是她的情、她的苦，也是她的承諾、她的浪漫與她的快樂。

文學之於楊瀅靜，好似牡丹亭上杜麗娘會柳夢梅，好像西廂待月下崔鶯鶯盼張生，約定終身之後可以生死契闊無怨無尤。

4

有人形容楊瀅靜其人與詩作都帶著羞怯又疏離，一如她的白兔。白兔害羞膽怯卻是靜默而不撒嬌的，於她十分貼切。但有時候我形容她更像一株含羞草，這株含羞草遇上陌生的接觸總是先闔起雙子葉的莖葉以遮掩自己。但是陌生不再時，含羞草又恢復挺立姿態迎向陽光。

她的生命情調看似低調客氣但是常有她自己的堅持，不要忘記含羞草除了保有強韌生命力，細小的莖葉上也佈滿雖細但札人的刺啊。

其實她的詩的關懷漸大漸廣，詩作內容也常是傲然挺立的。我讀過她在網路上流傳甚廣被當作晚安詩的：

我不會說他不好
因為已經好過了
好過的人是濕透的糖

只有在貧乏的年代
才會不斷回憶困窘的甜味
要過好的日子就是忘掉好過的人
——楊瀅靜〈關掉的時間〉

這是她吟唱小兒女的糾結纏繞心境時，卻帶有新女性的決絕。我們也熟悉她經典的「懸浮」狀態的生命情調：

譬如夕陽 譬如落花
很美但不能
很愛但不能
堅定到無可奈何
——楊瀅靜〈他說〉

但是我察覺瀅靜關懷更廣了，她並未束縛留戀於「夕陽、落花與無可奈何」之中，她雖羞怯而隱晦，但當她情不自禁關心大時代的脈動，我看到了這些的不同。在二〇一八年七月我讀到她為劉霞與劉曉波而作的〈被迫而隱〉詩作，心裡咯噔一下。我在二〇一九年八月又讀到她為香港遊行而寫的〈星空的由來〉詩作，我心裡又咯噔一下。

我知道她在關心一個更大的宇宙，含羞草展現著傲然氣慨：

而我是隱士
被迫而隱
……
我反側而哀
轉側而泣
體內有巨大的石塊
咳不出 嗽不出
……
還能如何更愛這個國家
世界是一台電視機
而我是壞的病的那台

自成一個世界
默劇演員的愛沒有言語
——楊瀅靜〈被迫而隱〉

這寫下「默劇演員的愛沒有言語」詩句的詩人，這關懷「被迫而隱」的態度，讓我認識女詩人瀅靜也能展現俠女的勇敢：

失去一隻眼睛
會有更多眼睛幫助你洞悉前路
這是星空的由來
……
眼睛濕了
我就用模糊的視力看你
看塌了又奮起的黑衣的人潮
在城市裡在車站在機場
團聚就地為萬家燈火
——楊瀅靜〈星空的由來〉

她以時代的脈動、香港的哀傷入詩，女詩人瀅靜流露的正義感，彷彿之間讓我看到她的老師楊牧寫〈有人問我公理和正義的問題〉的影子（楊瀅靜在東華大學就讀博士班，出版的第一本詩作《對號入座》有楊牧作序）。楊牧在一九八四年寫下〈有人〉詩作，以詩人的細膩筆觸探討台灣社會轉型的尷尬與困境，飽含同情與寬容的詩作在文壇引起尊崇聲音也流傳甚廣。

而瀅靜以她對民主的期待與對香港的關懷入詩，原來她隱藏的「傷」不僅止惆悵於「好過的人是濕透的糖！」，也感傷於國族命運的「還能如何更愛這個國家？」。

5

這是這個嘈雜、飆言語、飆聲量的「言語的孤獨」的年代（蔣勳《孤獨六講》）。因為搶著講話的人太多，靜靜聆聽的人卻很少。因此「言語喧囂」讓世界憑添孤獨。

詩是雋永的文字藝術，詩在社會似是疏離的非主流，但詩也是高風亮節的時代的見證力量。

網路雖流行自我行銷與飆高聲量，但寫詩的人一樣可以在嘈雜的年代作隱士作俠女，安靜與沈默呈現自信與堅定，一樣可以展現一種動人的風姿。這時代十分喧囂與嘈雜，但這種風姿不該被遺忘也不會被遺忘。

我看到了，詩人楊瀅靜深情款款的創作，從《對號入座》、《很愛但不能》到現在這冊《擲地有傷》一直都保有這樣的風姿。

2019/8/28

【推薦序】

把玩古典‧抒情當下

須文蔚（國立東華大學華文文學系特聘教授）

楊瀅靜深愛夏宇與零雨，她的博士論文《創化古典、鍛接當下：以夏宇、零雨的詩學為例》就創意十足，既向偶像致敬，也從傳統與創意的激盪，分析兩位詩人如何繼受傳統，又能轉化出解構、質疑或是抒情的聲音。

瀅靜在學術研究上，師事楊牧先生中國抒情傳統的主張，強調漢語詩能以精省的意象與典故，或言志，或言情。瀅靜在現代詩的創作上，也和楊牧先生一樣，不斷結合戲劇獨白體的敘事風格，為現代漢語詩擴大歷史、人文與思索的空間。因此楊牧在二〇一一年為瀅靜詩集《對號入座》寫的推薦序中說：「我讀瀅靜的詩輒發覺其中率真的音響，即她無所不在的個性所流露，充滿抒情意味的聲調，又不乏戲劇性，以及有機糾合便產生的敘事觀點，都在那特定的結構裡次第展開，多面向認同。」肯定了楊澄靜嫻熟於抒情與敘事交錯，自然流露出具音樂性的詩篇。

看來夏宇和楊牧兩種看似矛盾的風格，一直交錯與糾纏在瀅靜的心中、詩中與氣息中。

努力寫悲傷的詩

夏宇曾說過：「記得那是一九八三年，楊牧在台大客座，開一門課叫做『抒情傳統』講英詩，我跑去旁聽。我記得下了課他問我：『你的詩裡總想要表現一些好玩的事，你會不會寫悲傷的詩呢？』我馬上下決心要寫一首『悲傷的詩』，這就是〈乘噴射機離去〉開始時的主意，起先很短很悲傷，只有四十幾行，寫完後，一直謄，愈謄愈長，謄第六遍的時候，變成一百三十多行，就是現在這個樣子，又變成一首好玩的詩了。」夏宇故作輕鬆貌的回憶，讓讀者或後續的研究者產生了一種錯覺：夏宇不會寫悲傷的詩，總是寫好玩、前衛與搞怪的作品。

楊瀅靜顯然獨排眾議，她不斷想展現夏宇深沈的悲傷，在二〇一七年出版的詩集《很愛但不能》中，她以看似詼諧的警句，不斷低迴出哀痛的情緒，其中〈以傷止傷〉最為怵目驚心：

瓷器是我
脆弱
為了掩飾空蕩的內裡
你拿走的
由你打破
碎成一地的防備
你踩過
也讓你流血

以碎片擦撞髮膚
以傷口互相扯平

將失戀者空虛與報復的心裡，透過一個受傷的瓷瓶轉身傷人，轉折出驚人的畫面。到這本詩集中，與題名相同的〈擲地有傷〉一詩中，詩人一開頭就點出靈感來自夏宇〈插圖〉一詩中的名句：「如是／玻璃玻璃地／遇到」，讓人理解到原來〈以傷止傷〉中「陶瓷陶瓷地遇到」的破碎與傷害源於夏宇，而進一步在新作中，戀人相遇與纏綿竟然互相割裂，遍體鱗傷，不但無法兩情相悅，更無從白頭偕老，當年華老去，回首往日時，大雨如注，都是淚水，詩人唱著：

歌還唱嗎
雨滴滴答答
玻璃碎屑擲地有傷

從破的陶瓷瓶，到碎的玻璃，楊瀅靜不斷重複展演愛情的千瘡百孔，她的重複無非是把遭抑制的原型情節（master-plot）講述出來，一而再，再而三的持續努力，以譬喻哀嘆自身的孤寂，以碎裂消解心頭的幽憤，都增添了她擲地有傷的抒情意涵。

從傳統出發，轉化出當代意義

讀完〈擲地有傷〉一詩後，我很想問楊瀅靜一個問題：「你的詩裡總想要表現一些悲傷的事，你會不會寫好玩的詩呢？」

瀅靜沒有讓讀者失望，她咀嚼成語，把落井下石寫成〈惡意〉一詩；問道於盲則寫成同名詩作，把希望寄於馬匹身上，但不幸馬已經全盲；過眼雲煙寫成〈舊日〉一詩，渲染都會男女短暫的戀情，以及交錯後的冷漠。不難發現，詩人之所以能幽默、機警與輕巧，全來自於看似老邁的陳詞套語，經過結合現代的景物之後，衍生出全新的情意，無一不是瀅靜的巧思。

讓人最為捧腹的是〈正是這個時候〉一詩，通篇回應《莊子・養生主》中：「安時而處順，哀樂不能入也，古者謂是帝之縣解。」的哲學。原典中是一則有關師生傳承生命哲學的寓言，老聃死了，學生秦失去弔唁，哭了幾聲就出來，老聃的弟子質疑他不夠哀痛，秦失卻認為痛哭悼念違背自然，因為老師偶然來到世間，是應時而生，至於偶然離開世間，則是順命而死。只要人們安於時機，順應變化，哀樂之情不能進入心中，就解除了自然的倒懸。在這個寓言中莊子說：「指窮於為薪，火傳也，不知其盡也。」此後，薪火相傳也成為師生之間觀念傳承，恆久流傳的象徵。而楊瀅靜把自身擔任老師的經驗與挫折紀錄成篇，師生之間的頻率看來接不上，充滿恐慌的老師厭惡沒有是非的世界，站在講台上備受打擊。詩中學生的冷眼與無視是精準箭矢，萬箭穿心的場面讓人感到戰慄：

> 箭矢並不落地，正中靶心
> 任何人事皆能神射我

我是一則寓言，富含隱語
解讀或者是忽略都隨你意
我是無人的講台
卻有寫滿情節的黑板

讀到「神射我」一詞時，不禁莞爾。畢竟站在講台上的老師，傷痕累累下，還努力寫黑板，拼命解讀，面對蹺課、面無表情或是低頭睡覺的學生，生出自己成為隱形人的感受，應當是許多教師共通的經驗，詩人進一步夸飾為「我是無人的講台」，對應著寫滿情節的黑板，場景更為詭譎與神秘，實則讓人笑後，會忍不住滴下眼淚。

〈正是這個時候〉一詩精彩之處在於中、後段的轉折，老師沒有存在感，實際上學生也都把位子空下來了，老師給缺席學生不及格的分數，其實只是證明了自己的失敗。詩人玩味「不在場」的多重意涵：曠課而不及格的學子不在場，安慰老師不要傷心的友人也不在場，所有人都不能體諒如是的傷害無異於謀殺，老師突然嘶喊：

而我在場
在每一個極其難堪的時刻
在每一個以善換惡的場合
總在轉角瑟縮過後又抬頭
於是當所有的哀樂
都入我之後
都辱我之後

莊子的格言突然在此變聲，當諄諄善誘成為「以善換惡」，老師倒懸在杏壇，薪火不再相傳，哀樂悉數進入卑微的老師心中，應當是莫大的諷刺與批判。

出入內心與現實的成熟詩人

《擲地有傷》中多數作品，還是如李進文形容作者過去的風格：「本質既是渴望，卻又疏離。」但仔細閱讀，在形式上，楊瀅靜把原本內在音樂性與節奏，透過民謠風的實驗，迴環複沓，經營出更為有節奏感，更首尾呼應的歌詩，可見她有意在每一本作品中都嘗試發展不同的語言風格。

楊澄靜是一位有詩學理論自覺的作者，她充分理解自己擅長以遠取譬，抒發內心的憂傷，參差對照希望與絕望，在抒情聲音之外，當她要動用敘述時，為了保有濃稠的詩意，就諧擬古典寓言或成語，或再現，或拆解，或曲解，呈現當代的全新意涵。特別是在新詩集中，她也提出了涉世的作品，如〈被迫而隱〉就十足生猛與辛辣，〈星空的由來〉聲援香港民主運動，溫柔而堅定，充分展現出一位成熟詩人出入內心與現實的能量。

《擲地有傷》是楊澄靜走出花東縱谷後，離開楊牧與夏宇糾纏的十字路口，敏於古典，精於觀影，反思生活，不斷從傷痛中提煉民謠，終於唱出了自己獨特的高音。

輯一

我的民謠風

我喜歡那種樸實不加掩飾的感情，像在大草原上的一個小房子，因為是我自己親手打造，我想那一定是個既醜陋又簡單的空間，但勝在能自立門戶的存活，不受干擾。

我的精神大部分都不好，念頭總偏負面，如果可以好好的走上一段路，路邊的風景也不難看，我會邊走邊唱，唱難聽的歌，詞是我自己寫的。如果你能聽得下去，不去計較調子是不是悅耳，你會發現文字裡的心跳，是很輕的聲音卻用很重的腳步在跳著。

我寫得很輕盈，活得卻很努力。

日子

他來接我了
我覺得開心
可能是因為天氣晴朗
正飄過白色的雲

或者在長長的雨天
由他撐傘一起
走遠遠的路
聚攏所有的雨
烏雲落下來的細水
終成流域

不要七彩雲朵
我害怕華麗終究不夠真實
那璀璨的虹即使共聚
也只不過瞬間而已

真誠就足以蓋世
蓋一塊乾淨明亮的地
讓日子就是日子
溫暖得可以

流星

也不是非要跟星星散步不可
因為他們總是逃走
以光速
墜落地面
找尋更美麗的女子

與春天角力

為自己建造一條
從深淵通往天堂的鐵道
而現在是四月
沿路正好有
再好不過的風景

連明顯的謊言也輕信
我不過是個跋涉的人
在生活中苦行
從薄冰中求魚

當陽光滲入深淵
黑暗中渴望起刺眼的亮度
說服自己
那不過是幾個山洞的瞬間
得用好幾個小站延宕出幸福的距離

我隻身一人前往
置身於春暖
四月的風景
隔著車窗玻璃
源源不絕又生生不息
有一頭小鹿急躁的尋覓
花開的枝頭作為
與春天角力之後
頭上的戰利品

願

在初秋的深井內
讓水桶舀出黝黑的圓
其實是我體內的濕氣積聚
自成一口深淵
供你小口小口的啜喝
我內心的冰涼
是我新增的愧

願自己是河流
不再是一池死水
願生活的孑孓

叮咬住麻木的疤
再次喚醒痛癢的感覺
願渙散的眼
重新鑲嵌進星光
井才又開始有了景

你注視我
我遂以盈盈的波漣
貼合你掌心的浪潮
願成為你手中的那一截線
與你一生的命運
呼應無間

北風

那個廣場空無
石頭是硬且冷的
只有天空偶爾飄過的雲
還可以軟一軟

你用相機拍我
我模糊並且晃動
人們從來沒有識清我的本質
雖然我不怕被看
雖然總無視於我

你將行囊背在身上
風的重量是說不清楚的
是減法就全都吹散
但其實一切相加
你穿上更多衣服
跟你的行李一樣臃腫之後
自此你背任何東西都像瘤

我是風
比你更輕盈
你執意問我南北
我來的地方不暖
當我給出擁抱
人們卻都誤會
自己將被完整的淹沒

月光老虎

我是一座村莊
我曾擁有莊稼
如今只剩下饑荒

誰在夜裡推門進來
是黃澄澄的月光老虎
熄滅燭火
讓他的鋒芒射殺每一個路過的人

他把我從我的身體中偷去
在溫馴的被窩中

肉團失去靈魂的芳香
烤著烤著老虎
他愈發金黃
而我像一塊荒蕪的地
與泥土一塊發黑
在月光之下沉睡

我是一座村莊
我曾擁有莊稼
如今只剩下饑荒

舊日

你的消息是雲
你的氣息是煙
煙消雲散的多年
有人拎一朵烏雲
路過我的窗前
所有的雨滴都是漂泊的
冰塊散發出輕煙
對路過的人只驚鴻一瞥
他有傘
我有屋簷

請求火焰

讓火焰讀完這些信
再請求雨熄滅
曾經溫暖明亮的情意

火焰不是你的太陽
你的太陽是你手上那塊
橘紅色的磚
你可以擊毀一切
你決定雨過天晴

問道於盲

你買下了我的馬
不知道牠曾生於虛無之中
踏過黑暗冰冷的陡坡
看過明媚的春光
最終還是定居於
髒亂吵雜的市場

馬的體味與牧草香
混合那年夏天的熱浪
在我身上蒸籠出大珠小珠的汗粒
在月光下問我的馬

關於前途茫茫
馬啊馬你的馬蹄能否
帶我去到離家更遠的地方

當黑夜蝙蝠覆蓋住天空
我與我的馬
同心一如鐘乳潔白
如今隻身行過草原
馬聲彷彿附在耳膜嗚咽
牠的汗珠曾與這裡的露水交融
健步如飛如疾風刮過
牠的棕色毛叢緊豎
與暗綠草木互相咆哮

如今牠是你的草原
採收那些鬃毛

上面曾覆有我的血淚
讓牠餘生在你的廄裡安睡
而我此生是窖
身形佝僂
低矮若几
黑暗中再沒有馬前來
踢踏踢踏導引
帶我脫逃至光明之地

我曾忙於問道於馬
如今確已全盲

枯木

1

你的小指嶙峋
因為孤獨
所以給了你一枚綠色的戒指
太貪心了想牽住你
借來許多枯枝大大小小
長長短短排列成手
交疊之後
不再是易折的骨

2

讓每一根指上
都承受一枚戒
而茂盛的秘密要等
結婚誓言宣讀之後
你綠髮上嵌織陽光閃閃的金線
夢幻陰影的髮飾
明暗之間落著輕輕鬆鬆的吻
再說再說

3

塵埃翩翩起舞
蒙塵的種子不再殉難
它長大之後

可以是橋是帚是
另一根枯枝
死而復生的嫩芽
瞭若指掌春天的秘密

愛慕

月亮照耀一切
卻只有自己高掛天邊
你最知道那種孤獨
置身於遙遠的漆黑的空中
眼含星星碎屑
投以愛慕於地面
一直神聖且奉獻

投以愛慕於地面
那位姑娘無人居住於她寬敞的廂屋
無人藏匿於她皎潔的心房

你是無人的月光
在她頭上插滿隱形的鮮花
你愛著一個人
從今晚起讓每顆星星都知道你愛她
在明亮的天上

那位姑娘快活的走在夜裡
你照耀她
讓她住在你的光

霧裡看花

你覺得這個世界美在模糊虛幻
他給你花的時候
你開心的說了謝謝
接過來後
荊棘刺得你流血
因為是發生在霧裡的故事
紅色留在你的手上
還以為是清涼的河水

輯二

天堂地獄須臾不離人間

七月的時候兔子死了，在十五年裡死了兩隻兔兔。內在的傷心是看不出來的，不像外表碰撞後，皮膚還能瘀著血似的昭告天下。

第一隻兔子死的時候，當天下午我要家教，傷心到無法上課，請了假，學生說：「但是我快學測了。」我想說可是我「傷心欲絕」，但這四個字感覺起來更像是某種陳腔濫調，於是我最後什麼也沒解釋。好像只要說出一個字，企圖觸及到事實，我都感覺自己在走鋼索，周圍的群眾一聲驚呼，僅僅是一個語助詞或驚嘆號，我都會立即墜落。

後來第二隻兔兔死了，我感覺我的眼淚少了，但還是什麼都說不出口。唯一能做的就是唸了一個多月的往生咒，並且還要持續唸下去不知道多久。如果咒語可以使死者順遂，生者好過，那麼我願意一直持誦，直到我無憂無慮心境平和。

但我心知此生已不能像個幼兒，只煩惱吃與睡與玩，在兔子之後，我又認識了外婆的死，認識了其他長輩親友的死。日子就在這種隨時有人結束，然後又得從這樣的結束中，逼自己重新開始。

殘缺

墜入凡塵後
從樹枝的縫隙盜取陽光
林木的趾間佈滿蛛網
光明到耀眼的程度
細看全是斑駁的枝幹幢幢

以為美好的其實敗絮
表面完整的處處缺席
無法充滿善意的愛
就是地獄

正是這個時候

「安時而處順，哀樂不能入也」——《莊子·養生主》

此刻，我竟懦弱
生活中有各種獸蠶食
在無數意料中的
以及不期然的遇見中
在所有與人的交際中
沒有善惡不論好壞
皆被生活釀成一杯苦酒

箭矢並不落地，正中靶心
任何人事皆能神射我

我是一則寓言，富含隱語
解讀或者是忽略都隨你意
我是無人的講台
卻有寫滿情節的黑板

要如何證明自己的存在
為每一個落空的座位打出成績
其實都是自己不被及格的證明
有人說不要傷心
一切不過是命運
但安慰的人並不在場
他們不是謀殺的見證人

而我在場
在每一個極其難堪的時刻
在每一個以善換惡的場合

總在轉角瑟縮過後又抬頭
於是當所有的哀樂
都入我之後
都辱我之後

正是這個時候
正是這時候
正是時候
正是
正

惡意

I

你問及石的下落
全落到井底
回聲和水聲在井上
堆砌出另一口井
水聲滴答
因為某種挖掘
因為加以自掘

2

在黑暗中丟擲
軟泥深刻的包裹著重
以致於有了凹陷
當石上有石
當水位驟升
當情緒飽滿到迸開
泥中有石遂碎裂
成石。成石。成石。

3

那黑是可沮可懼且可畏
既無法喪失
也不能上色

必須習慣在潮濕的夜裡守著這一口黑
當小孩往裡頭投擲石子
承受並且接納
因為你是井

被迫而隱

世界是一台電視機
彩色的吵雜的
而我是隱士
被迫而隱
在電視機之外
在監獄之內枕流漱石

他們以為清流不會輾轉反側
我反側而哀
轉側而泣
體內有巨大的石塊

咳不出嗽不出
哽咽的除了哭聲還有
咀嚼成塊的勸與諫

還能如何更愛這個國家
世界是一台電視機
而我是壞的病的那台
自成一個世界
默劇演員的愛沒有言語

政論節目的嘈嘈切切
春晚節目的莊嚴喜慶
都是彩色的
我的春天晚冬天慢
總是黑與硬
我的政論就是沈默的肢體

不被探視卻充滿試探
我的周遭全是柵欄
有些人害怕我
出現在有電視機的地方

生時被迫而隱
臨終卻成為烈士
他們開始問我想說什麼
我的一生只是默劇
與同伴離群
與自己和平

漸擾

1

心有所愛卻因此心有罣礙

2

秋天的芒草
迷途的戀人

3

將面目模糊的白雲
辨識成想要的樣子
旋即煙消雲散

4

一段荒煙蔓草的感情
一本逾期不還的書籍

5

當所求是囚
無不索求
無不隱瞞

不在生活中感覺到活

6

他是蜘蛛
在你的青春結網佔據與覓食
你惶恐的愛與被愛
並且時時困惑於情絲
之纏綿之掠奪
之作繭自縛

7

把你的名字寫在紙上
對折又對折
是擁抱或者對峙

還是為了掩飾
刻骨筆劃之下種種的分岔與戳傷
襯著白紙般的脆弱與迷惘

頭七

死亡是痛苦且新鮮的
在墳地上的嬌豔玫瑰剛剛綻放
為了母親想吃
少年拿著一顆紅蘋果在手上

他的眼眶裝著鹹水
在白雲的口袋裡被淨化
烏雲到來之前
母親的髮也是白的
時間給了她翅膀

多少人的愛
她都放在心上
並回以苦心平實的愛
但太長久的人生
是苦會病有痛
不方便再留下

她一路飛
雲白得很
多麼密實
隨便一朵
嘴唇不易吹開

誰的髮色越黑
就哭得越厲害
原諒他
她得樂了
他不明白

大劫

I

拿石頭砸另一顆石頭
他們落地一動不動
痛也不說
受傷也不說
粉碎之後成為沙漠
大劫之後是淋漓的汗
大劫之後是枯槁的肉

2

沒有人能避免自己的影子
惟有避開了生
肉體才逐漸冷淡
被火的溫度擁抱
最後一次在愛情的沸點中感受
慢慢渺小
越來越小
然後將我的灰塵帶走
即使全帶走了
你的口袋還這麼空

3

「天氣熱，
我給你倒了一碗水。」
你睡著了沒說話
那灰飄在水上
像一點一點輕盈的船艙
像一盞一盞黯淡的炭花
你沒說話
水聲清涼

那黑從來不是可以一筆勾銷的事情

光灑在我身上暖暖的
但穿不過我
我難以被看透
長形的影子漆黑
是我隨時拖曳著自己的棺材
在光天白日的時候

白兔在我腳邊迴旋
每日每日以我為中心
圓規她的日常

她愛我但她
也有不為我所知的心事
此刻她的影子圓圓小小
陪她打著盹
偽裝形影不離的友好

白兔不說話
我卻老是喋喋不休
我們的白映照
我們的黑相融
是生命疊加生命
陰影滲透出森林
我知道她死時我會哭
有聲的號與無聲的泣
在餘生一直持續

而我死時她呢
可能企圖用她的白
小小的手掌與腳心
擦去一點抹去一些
正在吞我的死亡的黑
但那黑色
從來不是一天兩天
就可以一筆勾銷的事情

卡夫卡的甲蟲

生活的牙齒咬我
在愛情的時候
在論文的時候
在奔波的時候
在講課的時候
生活咬我用各種不同的吃相
啃食鯨吞蠶食肉林
生活咬我使用各樣式的方法
咬囓舔舐吞嚥咀嚼

有時我會血肉模糊
有時我還完好如初
生活是獸
他受寵時愛我
他厭棄時恨我
我們和好
我們戰爭
我們分崩
我們好合

生活是獸
有時歸我豢養
有時反撲於我

漸漸的漸漸
我束縛不了生活
是生活馴養我
我是獸
活生生的
被囚於生活的牢中

病況

病的時候
才感知自己有肉體
我的小我泯滅
我的大我和平
安靜了也不是感覺好了
只是吶喊也無用
用白色的沉默對抗黃沙滾滾

讓痛都穿過我
讓他們都變成海市蜃樓
而我的復原是另一種幻覺

這裡有瘦癟的樹乾枯的花
岩石死得粉碎
我沿路撿拾死去的人的屍首
因我不知道那是不是我

再見，再見

I

在龜裂的臉上
露水一滴清涼
開出一朵清麗的花

摘來祭奠十一月
不冷的涼涼的十一月
有人一聲不吭遠走高飛

2

百合花的甬道藏著生的肚臍
無法始終純潔但可以擁有
面目分明有稜有角的強悍
話就不說了
花還是香呢

3

人生就是一圈一圈的舞蹈
直到暈眩
裙擺是波浪
在人海之中也擁有自己的海洋
在心蕩神馳的美中
此去卻是一去不回的汪洋

4

兩座寂靜的深淵
在一朵雲經過之後
從此各懷心事
不過都是人間煙火
燒了以後裊裊
天空全是彩雲

5

乘滿天雲彩而來
我的意中人是蓋世英雄
他忙著拯救世界
我就只有我自己

6

真好
這些字是活的
可以留給很多很多人的靈魂
一口糧

星空的由來

失去一隻眼睛
會有更多雙幫助你洞悉前路
這是星空的由來

群聚在小空間裡的
黑暗鼎沸
他們外洩他們傾倒
微微的光明之後
有一些人醒來
更多人醒來
螢火匯聚成營火

在維艱的路上舉步
互相告知小心
翹翹板上
一邊是空掉的龐大建築
一邊是洶湧無所的人潮

那支點不是暴力
是一種鬱鬱的抒情
血和肉雖然容易耗損
卻前仆後繼
像柔軟的浪打在那麼硬的礁石上
仍有後浪不斷的撲打而上

眼睛濕了
我就用模糊的視力看你
看塌了又奮起的黑衣的人潮

在城市裡在車站在機場
團聚就地為萬家燈火

穿過天空的黑雲一樹一樹
雨一滴兩滴然後傾盆
人一群一群
一群一群的容顏抬頭
明星會在夜空壓境

輯三

在活著的路上

世界並非一無可取，但你感覺自己每天被取走一些，不間斷的一點一滴，先是自信再來是勇氣，最後面目全非，配不上這個人世。總在邊緣默默的生活，很安靜的長大，從沒感覺自己被找到或被需要。

你仍在暗處觀察這個世界，渴望有一天洞悉他，儘管世界從不把你放在心上。但沒關係，你想著無關緊要也算是一種關係，至少夾雜了緊與要；無足輕重也是另外一種活著，不痛不癢可輕可重，雖然不會被誰喜歡但更不會招致厭惡。

沒有大喜大怒，就可以一直掛在邊緣，像一件衣服一樣，迎向每日的雨點與日頭，如此輕飄飄的活著。

漣漪

他不愛我
已經是很久很久以前
發生過的事

像河流一樣
感情不斷奔竄
可以生生不息
堅持之中必有痛苦
偶爾夾雜小小的快樂

他來丟我石頭
沿途上的碎石

都是他所留下
攜帶那些痛苦遷徙
他渾然不知
只心血來潮來打個照面
激起波瀾之後
仍舊心如止水

投我以石
我贈他以花
河水涓涓沙漏循環
滴水穿石山陵成形
我不愛他
是從來沒有過的事情

旅人

電車的聲音比
走路的聲音大一些
走路的聲音比
交談的聲音輕一點

呢喃卻生不出任何語言
靠文字澄清某種狀態之時
你知道那是自己在問自己：
「我是一個旅人，我要的東西都買
直到把自己消耗殆盡。」

你放下一點點卻提起更多
後來才屬於你的東西
以為已經付出代價
直到路上的麵包屑都被吃掉
所有的鳥翅膀健壯
他們回家
而你沒有

霧中風景

我沒那麼熟悉霧
但我熟悉他的臉
他是我的霧

焰以及煙
他煙嘴上的小小紅點
是熾熱的星火戳著感情
一瞬之間燎原成焦土

當霧彌漫湖面如垂天的鵬翅
厚重層雲結網擴張

使我目盲
口乾舌燥

眼眸都是他的倒影
行走於起霧的深淵
終生如履薄冰
於謊言之上戰戰兢兢
不實的承諾確實使我受傷

沒有比霧更會遮掩視線所及的所有風景
撥雲見日之後
以前看不清楚的
現在是被打壞的

我曾渴望風
最後卻喚來雨

雲的聯想

I

這個世界太小
我卻老是跌倒
再給我大一點的世界吧
很快很快
我會倒地不起
橫躺像雲

2

所有的雲也懂悲傷
儘管他們那麼的白
飛機經過的時候
他們聚集成一塊暖暖的毛毯
高空的空氣嚴寒
他們同伴
他們取暖

3

將天空困成一面鏡子
飛機飛過
會不會有些影像殘留
不僅只是雲煙而已

4

有時候是匆忙的一輛一輛
天上也有車水馬龍的時候
以為匆匆的流過
就能產生足夠的灑脫
但我揮一揮衣袖
天空就被雲彩淹沒

5

也許你曾經等過一輛誤點的飛機
披掛繾綣的雲氣前來
是依依不捨的
蜘蛛與絲

但飛機總是會降落的
他有目的地

不見得每一朵雲都有下落
當天空空掉的時候
有雨落下
打著誰的肩膀
讓他整個人水災
讓他整個人潰堤

無憂的風景

在沙灘上寫信給你
在水面寫信給你
天空是信紙
風輕輕的騷動筆跡
你不會讀到的這些
是我不敢告訴你的
全都潛藏在周遭的風波之中
草動心念之間

流動的河濡溼的石
飄揚的柳枝
嘩啦啦的水聲

稍擴微斂的波瀾
綿長纖瘦的雨絲
久久久久變成天空
低低肥厚的層雲

縱使黑雲裡有雷
隱隱光芒躁動
黑布幕簾翻掀
一滴又一滴的小小湖泊
降跳在我的深海藍傘面
決心大步跨過那些水窪
任雨鞋低低的去哭

生活處處雨季
還是寧願沾晴空藍的墨
把一生的明朗都給你
讓你在詩中看見無憂的風景

一個人也可以

不能太勇敢
那麼他們會以為你
一個人也可以

「一個人也可以。」
在不可以的時候
常常想起這句話

想起自己是一棟危樓
還好空無一人

倒塌的時候
沒有旁人會被波及
沒有愛人一起埋葬

給所有懸浮過的人類

今天這麼碎片的陽光
順遂的氣候
宜遠行去偏僻的地方跑步

不再費盡心思與自己革命
將曾加冕過的王者
從內心連根拔起
缺乏建築以後
就和陽光一起貶謫自己
療傷仍是在晴朗裡
在適合野餐的氣候進行

後來我一度平靜但
比安靜更安靜的是你的名字
不拼湊那些注音
就發不出召喚
不管同音或是雙關
此後都是降靈會的神秘符咒
再無人能看清
我心裡暫住過的幻影

你在記憶中死去
交換我平穩的生活
蕭瑟的男人枯槁如秋
幽靈如冬
而我四季皆春
有夏天的體溫
溽濕的手心握有融化的冰塊

連你的影子都敢牴觸
陰暗面換來清澈的水滴

有一朵白雲飄過空中
我的胸膛遂被柔軟填滿
我很好所以
不再問你好不好
那已經不是這麼重要的問題

在春天趕路是件寂寞的事

陌生輕巧的風吹那旅人
眼底有不易察覺的倦意
黑暗變成齊整的一塊一塊的地磚
鋪天蓋地的架在你走來的路上
如果趕路
春天就是件寂寞的事

好看的人
他們不會笑得風塵僕僕
隨意踩壞那些野花
踩那些不長在歸宿上的植物

他們的家窗明几淨
並不荒蕪

想起最初的日子是有家可回的
那個春天什麼都有
而現在只剩下碎花
寂寞的趕著路
洗乾淨心腸
一臉無邪的說著
鐵石般堅硬的再見

你看不見最初的自己
也曾是個美麗的人

輯四 私人放映室

情感私密口味偏頗，我是我自己的觀眾，我是我自己的鐵粉。沒有充足的故事線，只存在各種表情充滿意象，畫面衝突又隱晦，斑斕但不美。

經過的人他們無不睡著，之後又都精神充沛的走了。有時我自己也睡著，然後把夢境加進主線，把現實當作寓言。沒有小心翼翼的維護，反正關係都是破碎的，一招手手裡就有碎掉的蜘蛛絲線。

【本期上映】

盲眼謎情
獨自在夜晚的海邊
被遺忘的新娘
夢鹿情謎
發條橘子
寂寞心房客
花遊記
完美結局
她不知道那些鳥的名字
45 年
旅貓日記

盲

如果這是灰色
她願意記住這些
粗糙與皺褶
龐大與溫和
象是柔軟的字眼
她曾用感官摸過

與另外一些觸覺不同
比如她第一次覺得燙
火舌竄入掌心
在痛之前

本該存放視覺的盲目之處
率先流了眼淚
事後問及火的顏色
他們說紅極了
像怒放的花

所以他送花來
她又重溫痛楚
火災記憶再現
旁觀者卻還紛擾的告訴她
那是愛沒錯
愛本就熱情如火貌美如花
也會令人如聾似盲終日癡惶

獨自在夜晚的海邊

是音樂在唱她
那麼樸實無華
那麼掏心掏肺

心腸曾經沸騰過
如今都淡去了
像海水洶湧的時候
你去摸
是冷的

新娘

愛情的堅貞與背叛
如何融合為一體
像禮服柔軟的絲綢
鑲嵌硬朗的金線
肌膚承受扎人的痛與重
試圖讓自己看起來美麗

不要一口咬開
黑瓜子的硬殼裡藏有
柔軟的白心
等到深愛過後才發現
堅強的顏色

比純潔更深
比樹蔭厚重
為了掩飾柔軟易折的內裡

以悲傷為食的獸
潛伏在她生命的坑洞
打地鼠般不間斷出沒
沒有新郎成為拯救的英雄
得靠自己親手埋掉饜足的獸

會不會開出花呢
不像婚禮捧花無根
隨時就能拱手讓人
在這人生中
汗及淚也是一種澆灌
也可能會長出瘦小的幸福

夢見鹿

I

同伴幫她找出
隱藏在積雪下的一片嫩葉
其實不好吃
好吃的是情意

2

他不要的
被她割開

她割自己的身體
冷靜的像無愛的屠夫

他後來又要了
她爬起來赤身
血像藤蔓流過身體的白
她說等一等
在死亡面前無懼
熱情的像融解的冰山

3

她縫自己的血肉
用音樂用約會
用她還在努力學習的肢體親密
某日在自動灑水的草地上醒來

陽光熱水滴冷
綠色的植物有澀澀的腥臊味
她醒來然後開始對
愛人有望眼欲穿的感覺

4

她縫補自己
讓愛人穿過去
她練習柔軟
讓愛人穿過去

她切割自己
當愛人穿過以後
她屠宰自己
當愛人穿過以後

在戀愛中她是一件嶄新的衣服

5

回到最初的夢
他們都是孤獨又冷漠的雪人
相愛以後
都冷在一起
白茫茫的大地又嚴寒又乾淨

6

公鹿的角枝是兩束分裂的鐵軌
有時牠會借給雪花或者樹葉
我不知道我想不想做棲息的鳥
但我現在只是飲水的雌鹿

牠的角枝是閃電
牠電我時
我會痛但是快樂多

7

後來我就不再夢見他了
我覺得輕鬆
我覺得輕
我覺得
雪花是我

以貌取心

那個在五月清晨走來
看起來無害的男孩
他的心是蘋果
被蟲寄居啃食的地方

五月溫煦
花與蟲盛放勃發
連雜草也惡劣的壯大
不會只長於泥濘之中
那蟲在春天
產卵於男孩的無害

那個在五月清晨走來
看起來甜美的男孩
他是一只蘋果
是惡的糧

寂寞攝影師

他對著電視機拍下那些
破碎的傷心的臉
然後等候深夜的電梯
將他們快遞出去給
遠方初認識的人

初識的那人
也有一顆寂寞的心臟
她能讀懂那些臉
走出照片外
活得跟她的故事一樣

她抽煙
在虛無縹緲的煙霧間進行一場對話
對白空洞
肢體耽溺
有一種造作放大的抒情

寂寞或許會使人罹癌
他離開然後身上帶有厚重的
揮之不去的尼古丁
心裡清楚
心動的漣漪與衣服的薰臭
明日起來皆如止水
無味且平靜

「偶然的邂逅可能會
成就永恆嗎？」

當心空洞到成為鏡頭
藉由攝影別人的悲傷
引起她的注意
頻頻如此
總是如此
那麼所有虛幻的說法
只要能認真活下去
他都願意深信

荒遊記

那些燦爛的星
是遺失的目光與淚光
天空瞑目之時
世界變成一口無邊境的井
水與傷心一樣沁涼
一樣足以使人沒頂

這裡有太多傷心的流域
等著打濕誰的眼眶
從井裡滋生
無數的伏流

警告自己不許失足
你不知道給你愛情的那人
是否也一樣危險

一個蘋果一盞燈
樹上長滿纍纍的心臟
結實的紅色拳頭迎面撲通撲通
如果全化成野火花
該有多好
該有多好

寧可有一道素樸的光線衝破
能隱約看見這世界綻放的
是煙火還是燈火
那是浪人與愛人的分別

後來你緊抓的浮木是蘋果樹根
還沒有遇到土地之前
是你一個人的船
給你愛情的那人
也給了你水災

完美結局

分崩離析的浪
又那麼團結的來自於海裡
攻擊我以他們碎碎的手心
海水覆蓋我
是一床冰涼的絲帕

流淌天空的雲
長得像你手裡棉花糖果的樣子
抽絲剝繭到底
死亡是一根黏膩的棍棒
生時曾經附著過糖

我一口一口的舔如此輕薄的繭
不堪一擊一點點人間的流言

不要阻止我蓋海的被子
我想變成一朵浮雲
那是苦痛舔舐不到的島嶼
天使翅膀的羽掉落成雲
不會消滅只是
在健康時見日
悲傷時無影

她不知道那些鳥的名字

她正在看
鳥飛過的整片天空
人去樓空人去樓空

他的愛很高
像雨一樣落下來
像鳥一樣飛上去
中間的那一整個世界留給她
用所有的能力打造

「明天我就保證不愛你了。」

他信誓旦旦
雖然如此他沒有明天
而今天當鳥聚集在一起
天氣不壞

鳥群飛走的時候
她的心和天空一樣空白無雲
彷彿她不知道那些鳥的名字
也沒有關係

45年

窗只是窗
妳是住在裡面的人
在意家裡是否窗明几淨
外面的風景是無關緊要的事情

妳的婚姻也出生在這裡
比妳的孩子年紀還大
和一個慢熱並且講究按部就班的人
一起活過大半輩子
現在是結婚的第45年

焦躁不安的走動
妳的狗欣喜的撲跳
如快捷的風又像一朵白雲柔軟多毛
適合在晴朗的午後
一起走一段長長的路
相形之下妳的丈夫黯然許多

他有自己的小小閣樓
因此妳建造了地窖
你們各自有自己不甚忠實的角落
差別的是
妳一塵不染而他藏污納垢

丈夫遠行的那天
秘密的長成妳的影
匿在背後窺探

而他自己的秘密是一件黑大衣
時時遮掩匱缺的心房
沒有愛一切家徒四壁

妳注視眼前的牆
領悟人生還有另一種風景
窗外的樹枝蓬勃無章
指向各種不同的方向
如果再年輕一點
攤開的手掌會撐起一整座天空
收編那些枝蔓
成為通往妳命運的羅馬

還缺少門
在建造出口前
猶豫該不該維持密室的模樣

他的愛杯水車薪
妳煮好最後一頓晚餐
喝光保溫瓶裡的水
決定了以後每一堵牆
都要裝上落地窗或安全門

他會從哪個方向進入
不是妳需要考慮的事
哪一邊向光
便在那裡種下向日葵
用花園代替家園

狗機靈如蝴蝶也可以是蜜蜂般勤勉
對於表現出愛這件事
牠不落於人後又爭寵於往前

貓奴

建一條彩虹橋送你
我是漁夫在這
為你打撈滿天的雲彩
養殖一整座魚塭
等你抬頭望時
天邊的雲全是魚形

有時派蒲公英去親吻你
它也有白絨的身體
囑咐親你的時候要漫不經心
怕有一天你會太在意

貓可以柔軟也可以勇敢
用自己的方式愛人
像郵差送一封信
狂風暴雨也能腳踏實地
是雨太吵了
貓的愛始終安靜

不跟貓討論人生
他們得過且過飄忽如毛
卻又在敏感之處
令人流淚噴嚏

輯五

自己的房間

有些傷害永遠不會劫後餘生，它就是一個結，與生命同心，與血淚協力，最後用身體獻祭。回憶永遠錦上添花，傷害雪中送炭，永不麻痺，終其一生與過去的鬼魂攜手，最後成就出一個人的慶典。

相逢

每天我照見自己
鏡那邊的她
一個栩栩如生的我
是不是比我快樂
會不會比我憂愁
這個世界很艱難
她那邊的世界
會不會容易一點

在路上和眾多人擦肩
有一些人是我未來的寫照
而另一些人與我友好

少數的人和我交惡
就像四通八達的馬路
我走在這錯綜的人際中
常常茫然感覺無措
是否置身於掌紋的網中

而她在哪裡
在藥妝店的鏡前
自動門開關的瞬間
城市轉角的櫥窗
僅僅只是一瞥
她與我對視然後錯身
好像無數個相似的肉身
總是在城市中撞見又加速分離
並不特別難過
也不十分可惜

雨後，天氣晴？

他來愛我
藏著風雨雷電
令我重傷之後
再回到晴天裡
可以有機會痊癒

之後每次暴雨緊接放晴
之後出現颱風總會過去
所有的藍天之下
已經好轉的溫度與溼度
只是讓泥濘更加醒目

一切都會好起來
但我並不在那一切裡面
我是一切之內的黑
生命中的影
黑髮裡面的銀

無依的暗暝

孤獨從這個人身上
迎著夕陽
走到另一個人身上
然後就是晚上了

對時間毫無概念
沒有你的一生
就像是密集林立的工廠
烏煙瘴氣中
茫然著要生產什麼

然而現在是晚上了
當夕陽被殲滅
你的屋裡燈就亮了
如果也是因為我
你的孤獨才可口
如果不是
我的孤獨便苦澀如青果

愛的孤兒

I

大家都曾是愛的孤兒
遇到許多次貌似家人的人
最後他們輕如鴻毛
無法定居
不及泰山的一粒塵土厚實

2

消失的人
也曾如山重要
雖然好幾次
你一鏟一鏟的親手
剷平成形的地基

愛不是鋼筋水泥
既脆弱易折又重組不易

遊民正踩過一個又一個
受著傷的水漥
鞋底滲入哭聲
在工地

3

在你的家還未建好之前
如果有不相干的人指責那是違章建築
不要相信

他們只是愛的孤兒
他們嫉妒你

囈語

在不愛你之後
才開始學會過一種健康的生活
早睡早起
自然的寫詩
假日去看海
不再覺得海景煽情
也不耽溺於急流湧退的浪潮

偶爾還是會夢見
陀螺般無止盡的爭論
你背對著我而你的影子也是

在半盲的生活裡
吃解除躁鬱的藥
幻想漸漸被水吞噬
舌頭視我為食
舐我身上僅有的甜味

天誅地滅之後
能愛自己才是善終
再去看大病一場後的海
懨懨的拍打礁石
沒有殺傷力的白沫噴濺沙灘
那一朵一朵安靜的水花
轉眼變黑而
下一朵白再迎頭盛放的趕上

愛

I

他並不吝嗇
他給她正面的臉
負面的影
唯獨不給她
中間的心

2

先揭曉謎底
你卻無法描述出謎
你不是詩人不是智者
只是常常
將情路走成窮途

3

翻開辭海
查閱它註釋它
三言兩語也無法窮盡
需要的是更大的海
傷心的時候讓你眺望

4

無痛有病
沒心有肺
你在形容一個不愛你的人

5

如果她曾流過蜿蜒的眼淚
跟她戀愛
就做不哭的那個人
將乾的手帕留給她

變形記

當你終於能夠與影子對望
認清楚他的眼他的臉
與你長得一樣
如今他是光明磊落的人

讓他黑黑的腳步
也能夠有輕輕的音響
粗糙的皮膚明顯的發亮
不是因為月色或星光
他的黑曾經冒犯世界

但他已經新生
成為一個抒情的人
擁有歌頌世界的配備

當你與你的影子對望
卻不敢與他輕言分離
你越來越容易輕生
從某個早晨開始褪色
因為每晚天空的色素都徹底打翻過你
你漸漸消沉
匍匐在他的腳邊
做最弱的弱者
所有的光鑲嵌在你的周遭

你卻只是被他吞吐出來的晦暗之物
多餘卻又須臾不離

你是誰
你捫心自問
卻只有他的嘴會回答你所有的問題

悲傷草原

那夜大雨
因為雷電
讓天空在閃爍白光間成湖
然後狠狠劈開
全都傾瀉

不知該如何無畏
你害怕是原野的一棵樹
你畏懼是等待燎原的草
擔憂自己的翅膀凋謝
如燃燒中的蠟淚熔解

因為你在的這座草原寸草不生
因為你擦洗過的天色死寂如灰

你渴望的答案遙不可及
而反覆複習的細節太過溫暖
溫暖到只要你一回想
就坐如針氈

更強壯的鍛鍊

我是金屬
燒我會融
有一種黑披掛身上
死亡的色澤和質地將充滿我

與其一身冰冷硬朗
不如居住火山成為熔岩
永遠為一個人發燙
跳沸騰的舞蹈

我仍是金屬
他的指紋在一次輕且

親暱的撫摸中落下
像一次漫不經心但深刻的吻

將自己投擲於爐
為了真正成為火
為了重溫他的體溫
在健壯的火中死去又復活

遂鍛鍊成一枚戒圈他的手
時間日久
讓喜歡變成喜愛
指紋成為年輪

在藍油漆的房間

I

以黑夜為背景
交疊上溫和的藍
一道顏色是一具肉體
一句歌詞是一段話語
在珠光的屋內
雨絲般淺淺的光線交錯
圍繞被生活淋濕的人們

2

不做這個不做那個
說了這句接續那句
房間裡有太多選擇
各種抽象的重
累積堅硬的黑
當所有星星都下墜在空地
卵石擊中水泥
坑洞佈滿石礫

3

你負責唸出的句子都是句點
句點每一首詩

句點每一種情緒
他們走來走去而你
在藍油漆的房間裡
油漆你斑駁的心

誰來油漆出星光與漁火
你一直在等某個人
用他的顏色沾你的刷子
製造出某種交會的色澤
但他們走來走去
看起來只是路過而已

4

你藍得發黑是一面牆
被櫃子遮掩

本可以是挺直的天空
或是站立的水面
如今只棲身於小坪數的密室
要極力避免一些語詞的出現
那是不能說的
那些表示脆弱以及被打開
那並不安全

5

現在你在藍色油漆的房間
與一群陌生人繞圈
各種不同的時鐘
大大小小滴滴答答
你甚至不知道他們
從哪裡進來與你相會

或許他們都是技術純熟的鎖匠
擅長開門又擅自離去

6

你藍色的房間
有絲絨般的色澤
冷且神秘
適合嘈嘈切切錯雜談論
適合大珠小珠圓潤抨擊
適合竊竊私語竊竊私語

無用之人

細讀一棵樹
他的粗糙與嫩綠
光滑與光
陰暗與坎坷
觸感在手裡成形

或者可能成為獨木橋
適合行囊羞澀的人窄窄的穿過
人生不過就是穿一件過小的衣服
瘦骨嶙峋的一直活

不曾想過坦途的問題
也沒有想過那
可能是一株通往天空的樹
假使他的臂膀可以一直被風所揮動
他讓自己聽命於風
長出綠蔭雲朵

我細讀他
當他還是一棵樹的時候
他為我吐露的那些鳥鳴與蟬叫
聽起來都像是預言
而雷擊與滂沱時的語言
更像是對生命的怒吼
我卻遲遲不去解讀
害怕那盤根錯節的情節
都是長於我生命的寓言

指著木屐與渡河的舟楫
或是絆倒的木塊
也能作為生火的柴薪
真的怎樣都行
但害怕我已是無用之物
靜靜的在路旁
做苔蘚與菇類的木床
讓自己靜默的腐黑
讓他們或白或綠
來著我的臉色

寂寞先生

房間裡的那份安靜將你攫取
他肥胖豐滿富有生命力
躺在你的身邊
你側身瑟縮
因為他的存在你幾乎
不覺得有足夠的空間
可以自如伸展

遂要求他瘦身
訴諸情緒給予警告
他無奈的扭轉身軀

輕巧的碎裂那份臃腫
無處不是他的存在
從這個房間到那個房間
整間公寓裡他愉悅的漂浮
散漫的跑步

如今他輕盈的體態
幻化為無數碎片
你們共聚在無數時刻
同住於任何地點
他是你最要好的密友
忽遠忽近
須臾不離

種花

不建築
讓空地只是空地
除非全部擁有
否則你無法竊取任何東西

但曾經
我是一個有房間的孩子
房間有門打開又有另一間房間
房間的門通往另外一扇門
心一格一格
像互相阻礙的迷宮

四散的拼圖
滿滿的藥盒

但我願意為你夷為平地
將隔間剷平露出乾燥的內裡
只要不嫌棄他是水泥
集中緊咬那些堅硬
切齒到全力之後
那些傷口是土
搗成爛爛的黑沼
是我切碎的全心

多麼喧鬧的傷
之後用來
種一朵花那麼的安靜

把愛刮出來

送我一張彩券
亮銀色的表面
映照不出真相
儘管看起來美麗且充滿希望
緩慢的用指甲用硬幣
一條一條的刮開
心不坦誠就全是傷疤

直到這份愛見底了
底下有箴言
彷彿是你的聲音

小聲並且平靜的喊疼後
和我共同確認了
這份感情不值一文

這樣是不是比較好
不刮到最後
比較可以相信愛的痛苦
不在裡面

愛的超能力

1

他是刀戳我
渾然不覺
我在等他鈍的時候
或許就是愛上我的時候

2

有時也願意忘記善良與正直
愛他讓我不擇手段

像一把直尺
在鏗鏘的吶喊之後
彎曲成湯匙
盛接他的嘔吐物

3

謹慎的模仿
他的家庭成員
充當他和藹的母親
體貼的姐姐
多情的妹妹

他說他不缺愛人
已經有人在門口之外等著等著

當親人比較長久吧
是吧是吧

4

他最乾淨
我髒
我流眼淚是為了
在旱災時讓他喝水
流更多的淚
供他洗滌手足
至於身體
他說需要更乾淨更安靜的水源
我嗚嗚咽咽
是吵雜的噴泉

5

不再說了
惜字如金
並且把整本詩集銷毀
只留一個「愛」字給他
那麼他就不會
當它是贅詞
或是無用的單字

蹉跎

貪心有餘
野心卻不足
翹翹板是我的身體
擺盪著跳動著
還沒愛上你以前
隨時歡迎別人來這裡坐坐

也許飛來一隻斑斕的蝴蝶
或幾聲清脆的鳥聲
就坐在這裡看著我
慌張的將春天揉成一張色紙

色紙摺成紙飛機後
再被夕陽的餘暉燒盡

你還沒來到這裡
我心中時時感到不平
左心房空了
右心事是你
右心房青澀
左心事有你

愛情的狀態

A

潯濕的舊時光佈滿鹽粒
底下全是傷口

B

也曾被視為垃圾
紙屑輕盈尚且像雲
但我是飛不走的大型家具

佇立街角
等待下一次回收或者消滅自己

C

他是水的浮光
倒映出我的臉
以為可以解渴
一嚐全是海水

D

不愛的人走得決絕
他的靈魂已經與你相背
像一口井與另一口井
他們各有水源

圓形的水觸摸著石壁
奇怪彼此的疏離

E

像一口井疊加一塊大石
彷彿沒事
卻瞬間到底

擲地有傷

「如是／玻璃玻璃地／遇到」——夏宇

玻璃擁抱
鏗鏘碰撞之後互相割裂
哼出一口碎片
你的歌不成魂魄
招來不了兩情相悅

先是相約於轉角的
人海之中的兩人
一位白頭

一位皺眉
他們像滴落於
平靜海面上的兩滴雨水
清澈以後變鹹

歌還唱嗎
雨滴滴答答
玻璃碎屑擲地有傷

結果

你的目光像陽光
愛著一個人時
樹木因此茂盛成森林

所以有了陰影
不再時時感受熾熱
在樹蔭下沈睡
你溫柔的長出枝葉
正中間有一顆紅蘋果

等到我醒來
再目光溫暖的將它遞給我

紅色的心底連帶著有
赤裸的坦白

以大雨欲來的口吻
拌著潮濕且濃稠的蜜
你說：「我的愛有形有體
從隱喻中現身，
自具象中結果。」

新年

煙火的美是因為
夜空很黑

不要在意痛苦
因為快樂稀少
一點點錢幣在鐵罐中
也會發出響亮的笑聲

色彩燦爛的時候
是許多人的聲音在倒數

靜夜之中
特別熱烈

宏亮的許願聲
煙火已經盛大
去年的赤誠香消如塵
今年捲土再來
願你年少有為
而我蒼老健壯

【後記】

一首詩的時間

有過幾次講錯話的經驗，然後被曲解了意思，是嚴重的誤會，然後我就再也不肯開口也不試圖辯解，心裡想著只要不再說話就不會招致誤解、糾紛甚至爭吵。僅僅一句話，讓本來可能是「百年好合」的關係，瞬間破裂，鏡子摔破也只是一瞬間的事情，在那之前，它一直無暇的照現他人。那麼只要我不多說或乾脆不說，儘管與他人的關係不會「好合」，但也會一直表面平和下去吧。

人生老是在這種人際揣測中畏縮，裹足不前，不進不退，又不得不前進。於是在僵持的時候我喜歡寫字，只為自己而寫不為別人，在作品裡可以直言不諱，這大概是為什麼我可以跟詩的關係如此緊密又不齟齬，我在字裡行間測試它、心悅它、折損它、沮喪它，它都不會生氣，待我一如往常。也可以夾帶好心眼及壞念頭，文字都會無條件的接受我，撫慰我。我想我和詩可以是一輩子的關係，比結褵更甚，比結髮更密，因為他打從我心底湧出然後定居，目前看起來是不離不棄。

所以，一開始我的確不是為了讀者而寫詩，甚至也沒有身為創作者的自覺，也不覺得自己會有讀者，後來在幾個場合，陸續有人告訴我：「我好喜歡你的文字，他在我人生很艱難的時候陪伴了我。」在網路某處讀到陌生人的留言，喜歡我的詩，感覺內心被觸碰了。對於能被喜歡這件事，我一直半信半疑，毫無自信卻心懷感激，因為我也是一個被文字療癒的人，一開始寫詩是為了能夠去愛自己，但如果可以讓別人讀了詩後，能夠擁有重新生活的勇氣，並且進而愛他自己，就如同我從詩裡面所取得的力量，那麼詩如湧泉，既能明心見性又能清熱解毒。

我並不瞭解自己會為詩獻身到什麼樣的程度，往往在察覺自己成為生活的祭品時，更能感覺到詩的存在，暑假時又重讀一次邱妙津，正如同她在日記中所寫：「我所渴望的，不過是和現實保持一段距離。」但有時人和現實非但沒有距離，更經常與之扞格，往往拔刀相向，最後刀向的都是心靈。用血肉之軀在面對（更多時候在對抗）整個世界時，同時也在對抗自己，就像穿過兩座極窄的石壁，已經很不容易，而這石壁仍在不斷互相推擠，最後整個血肉都糊上去了，有時對世界的獻身方式會殘酷至此。

在我開始寫詩之後，詩對我獻出自己，是極其溫柔的調整，文字做為最後一道防線，幫助我丈量與現實之間的距離，剛好夠小心翼翼的擦肩，讓自己不氣盛也不委屈，保有一種為人的姿態在世間行走，不再總是抱歉，只要我的思緒足夠自由自在，那麼就不至於處處走成狹路。邱妙津在《蒙馬特遺書》裡評價她這本書說：「它不會是一部偉大的作品，但卻會是一個年輕人在生命某個「很小的部門」上深邃、高密度的挖掘，一部很純粹的作品。」這大概也是我對自己詩集的看法，而那個生命的某個很小的部門的描述，總會勾起我看牙醫做根管治療的經驗，用極小的針戳刺你的牙根，必須忍受酸、麻、痛的不堪，生活不也是這樣，忍不住痛的同時卻又必須要隱忍，隱隱作痛久了會變成慣性，如果在這個時候，能寫一首詩給自己，便可以幫助我情感自然轉移，在一首詩的時間裡改頭換面，於是我又有了可以繼續前進的勇氣。

而這一首詩的時間，也希望能留給你們。

國家圖書館出版品預行編目資料

擲地有傷 / 楊澄靜著 .—
初版 . - 臺北市 : 聯合文學 , 2019.10
224 面 ;14.8×21 公分 . --（聯合文叢 ; 653）

ISBN 978-986-323-320-6（平裝）

863.51　　108016789

聯合文叢 653

擲地有傷

作　　者／楊澄靜
發 行 人／張寶琴

總 編 輯／周昭翡
主　　編／蕭仁豪
編　　輯／林劭璜
資深美編／戴榮芝
業務部總經理／李文吉
行銷企畫／邱懷慧
發行專員／簡聖峰
財 務 部／趙玉瑩　韋秀英
人事行政組／李懷瑩
版權管理／蕭仁豪

法律顧問／理律法律事務所
陳長文律師、蔣大中律師

出 版 者／聯合文學出版社股份有限公司
地　　址／(110)臺北市基隆路一段 178 號 10 樓
電　　話／(02)27666759 轉 5107
傳　　真／(02)27567914
郵撥帳號／ 17623526 聯合文學出版社股份有限公司
登 記 證／行政院新聞局局版臺業字第 6109 號
網　　址／http://unitas.udngroup.com.tw
E-mail:unitas@udngroup.com.tw

印 刷 廠／沐春行銷創意有限公司
總 經 銷／聯合發行股份有限公司
地　　址／(231)新北市新店區寶橋路235巷6弄6號2樓
電　　話／(02)29178022

版權所有・翻版必究
出版日期／ 2019 年10 月　初版
定　　價／ 350 元

Copyright © 2019 by Yang, Ying-Ching
Published by Unitas Publishing Co., Ltd.
All Rights Reserved
Printed in Taiwan

ISBN 978-986-323-320-6（平裝）
本書如有缺頁、破損、裝幀錯誤、請寄回調換